**Le Vif du Sujet**

# Le Vif du Sujet

# Le Vif du Sujet

Laurence Bastin

*Le Vif du Sujet a été créé au Théâtre Le Public (Bruxelles) le 2 septembre 2023, avec le soutien du Tax shelter de l'État fédéral belge via Beside et de la Communauté française.*

© 2023 Laurence Bastin

Édition : BoD – Books on Demand, info@bod.fr
Impression : BoD – Books on Demand, In de Tarpen 42, Norderstedt (Allemagne)

Impression à la demande

Illustration : copyright Gaël Maleux

ISBN : 978-2-3224-8844-5
Dépôt légal : Juillet 2023

J'ai quatre ans, cinq ans peut-être. Je suis couchée en étoile de mer dans la piscine gonflable. Il fait chaud, le ciel est bleu, la piscine est orange avec un fond blanc. L'eau est froide. On entend les tondeuses à gazon, les enfants qui crient en passant à vélo, la voisine qui remue ses casseroles ; il est près de midi. Ma mère a pendu le linge à l'extérieur, des grands draps de lit blancs en coton, et je suis allongée dans la piscine, les yeux fermés pour me protéger du soleil.

Ça sent la crème solaire, l'herbe fraîchement coupée, le plastique chaud. Ça sent les vacances permanentes, la liberté, le temps qui s'écoule sans qu'on y prenne garde. Autour de moi l'eau clapote tout doucement. Ma poitrine est couverte de gouttelettes que le soleil fait s'évaporer lentement. Je suis heureuse, plongée dans dix centimètres d'eau, le torse nu, chauffé par le soleil de juillet, à moitié assoupie, totalement asexuée.

J'ai douze ans. Au petit déjeuner ma mère me dit : Tu viens faire les courses avec moi.

Elle a l'air de mauvaise humeur alors je ne discute pas.

Elle me dit d'aller mettre un t-shirt moins serrant.

Il est pas serrant, c'est celui que j'ai mis la semaine dernière pour aller chez Mamy.

Va te changer au lieu de me contredire.

On part faire les courses, sans un mot. Direction : rayon sous-vêtements. Ma mère choisit deux soutien-gorge, un bleu canard avec des petites fleurs oranges et un bleu hollandais avec des motifs blancs comme sur le service en faïence de ma grand-mère. Elle me les tend : Tiens c'est pour toi, il faut en mettre maintenant sinon les garçons vont voir tout.

Il y a les culottes assorties ?

Tu vas pas devenir coquette non plus !

On rentre à la maison, ma mère coupe les étiquettes des deux soutien-gorge et elle me les tend.

Dans ma chambre j'enlève mon t-shirt et je regarde : deux petites noisettes qui pointent sur mon torse. Minuscules. Insignifiantes. Je me débats avec les bretelles réglables du soutien-gorge bleu canard, m'acharne pendant dix minutes à tenter de fermer les agrafes dans mon dos avant d'essayer par devant. Je contemple le résultat.

J'ai l'impression de me voir pour la première fois et j'aime pas ce que je vois. Je remets mon t-shirt, je m'allonge sur mon lit.


J'ai quarante-cinq ans.

C'est dimanche, il fait beau, le soleil filtre à travers les stores. J'ai programmé le percolateur pour qu'il se mette en route à huit heures, j'entends l'eau qui gargouille, l'odeur du café vient chatouiller mes narines. Je me poste devant mon miroir *(elle lève le bras droit et procède machinalement à son autopalpation)*. Mes pensées vagabondent. Et tout à coup, je la sens sous mes doigts.

Tout ralentit autour de moi.

Je palpe encore, les yeux rivés sur mon reflet.

Greg entre dans la salle de bains, tout ébouriffé de sommeil : tout va bien ? Il embrasse tendrement mes cheveux ; ma bouche lui sourit, mon regard ne suit pas.

Tout va bien.

Je me revois, j'ai quinze ans, je suis assise sur l'escalier, dans l'obscurité. Mes parents ne savent pas que je les écoute. Je suis montée dans ma chambre à l'heure habituelle, puis je suis redescendue tout doucement et je me suis assise sur les marches. Ça fait plusieurs jours que ça chuchote, que ça conspire, que ma mère renifle et se mouche, que je surprends des bribes de conversations qu'on interrompt dès que j'entre dans la pièce.

Le téléphone sonne. Mes parents décrochent au bout d'une demi-sonnerie. J'entends des murmures étouffés, je tends l'oreille, le ton monte. J'entends ma mère, la voix qui tremble, je perçois distinctement : Mais qu'est-ce qu'on va m'enlever ? On va m'enlever tout ?

Puis des pleurs, mon père prend le téléphone, il s'inquiète à voix basse, puis il raccroche, ma mère éclate en sanglots, mon père dit : Chut, chut.

Je ne sais pas ce qui s'est passé après.

On n'en a jamais parlé.

J'ai un mauvais pressentiment. Je passe une mammographie de dépistage.

J'essaye de ne pas y penser mais c'est plus fort que moi, j'y reviens tout le temps. J'ai quinze ans, je suis assise sur cet escalier, j'entends ma mère qui pleure.

Quarante-cinq ans, c'est l'âge qu'avait ma mère quand…

Chut !

*

Ma mamy avait des seins énormes. Amples, moelleux, chauds, comme des oreillers. Elle me prenait dans ses bras et je me blottissais contre ses seins, le pouce en bouche. Ça sentait bon la lavande, le linge fraîchement repassé.

Je pense à ça parce que l'assistante du docteur Buongiorno a des seins énormes, elle aussi. Depuis que j'ai senti cette boule dans mon sein, je ne peux pas m'empêcher de regarder les seins des femmes autour de moi. Même si je sais que ça ne se fait pas.

Le docteur Buongiorno, c'est mon gynécologue. Il est sympa, comme son nom de famille. Buongiorno. Entre nous, s'il s'était appelé docteur Arrivederci, je l'aurais jamais choisi comme gynécologue.

Et donc son assistante a de très gros seins. Comme ceux de ma mamy. Ou ceux de ma voisine de banc en troisième ! Je me rappelle, elle faisait le dos rond pour que son t-shirt tombe tout droit, comme ça, histoire qu'on ne les remarque pas trop. Mais elle avait beau faire, on ne voyait que ça: ses seins. Faut dire que… ils la précédaient, en quelque sorte… Comme les phares d'une voiture quand il fait noir ! On voit les phares, on voit pas la voiture.

Je n'arrive pas à me concentrer sur ce que me dit le docteur Buongiorno. Je pense aux autres femmes dans la salle d'attente. Je me demande si on doit leur enlever un morceau de corps, à elles aussi.

Je réponds dans le vague, ah bon, ah oui, mes oreilles bourdonnent. Tout va très vite. Il faut dire que c'est beaucoup d'informations à digérer en une fois. J'avais préparé une liste de questions. Je n'en pose aucune. Je triture le papier entre mes doigts. J'aurais dû me faire accompagner.

Je rentre à la maison, la tête pleine de brouillard, mon agenda plein de rendez-vous. Je prends un bain. Devant le miroir, je regarde mes seins.

J'imagine cette chose qui pousse dedans.

Greg passe la soirée chez moi. Je minimise. Je donne le change : C'est dingue ce truc. Non mais c'est vrai, regarde-moi, j'ai pas l'air malade, je me sens bien ! Si ça se trouve il s'est trompé. Ou alors je l'ai peut-être rêvée cette visite chez Buongiorno. Hein ? C'était peut-être juste ça, un mauvais rêve ?

Il acquiesce mais je vois bien que le cœur n'y est pas. Il a raison, j'y crois pas trop non plus.

*Répondeur, voix de Greg* : Salut c'est moi. Écoute… J'arrête pas de penser à notre conversation et… en fait je me dis que je ne suis peut-être pas la personne adéquate… enfin on se connait pas depuis très longtemps et je suis pas sûr d'être à la hauteur. Je suis perdu tu comprends ? C'est dur tout ça, c'est… bref, je… crois que j'ai besoin de prendre du recul. Et surtout que toi, tu n'as pas vraiment besoin que je sois dans tes pieds pour le moment. Tu vois ? Tu dois prendre soin de toi, te concentrer sur… sur toi, sur ta guérison et moi… ben c'est mieux si je ne suis pas dans tes pieds. Mais je prendrai des nouvelles ! Hein ? Je ne te laisse pas tomber ! Mais… juste… on prend un peu de recul, ok ?

*

Myriam c'est ma meilleure amie, on se connait depuis toujours, on a tout fait ensemble ; quand on avait dix ans, on s'enfermait dans la chambre de mes parents, on prenait les soutifs de ma mère, on fourrait des oranges dans les bonnets, on se dandinait devant le miroir en prenant des poses, en riant comme des folles ; un jour ma mère nous avait surprises, qu'est-ce qu'on s'était fait engueuler...

Elle réagit comme d'habitude : « Ça tombe bien, je me faisais justement la réflexion que tu devenais un peu trop vieille pour mettre des décolletés jusqu'au nombril. En plus, tu vas faire des économies sur la crème dépilatoire, donc c'est tout bénéf'. Et n'en profite pas pour te défiler, on continue les cours de yoga du jeudi ! Faut que tu sortes, que tu voies des gens. »

C'est toujours simple avec Myriam. Mais avec les autres, c'est parfois plus pénible que la visite chez Buongiorno.

Il n'y a jamais de bon moment pour annoncer à ton entourage que tu as un cancer. D'abord parce que ça plombe l'ambiance. Alors il faut dire des trucs que tu ne penses absolument pas, pour alléger le propos : « De toute façon ce n'est pas si grave, après tout j'ai jamais raffolé des bikinis et je me disais justement que j'en avais un peu assez de la plage et que je me mettrais bien à la rando en montagne, du coup un sein en plus, un sein en moins, ça ne fait pas une grosse différence ». Et tu t'écoutes parler et tu te demandes pourquoi tu t'infliges ça, mais bon autour de toi tout le monde a l'air soulagé que tu le prennes si bien et la soirée peut continuer, c'est ça le principal.

Et puis on te pose des tas de questions auxquelles tu n'as pas de réponse parce que tu n'y avais pas encore pensé. « Tu vas te faire reconstruire au moment de l'opération ou après ? Avec les traitements tu vas être ménopausée ? Tu vas prendre quelque chose ? »

Ou alors on décide à ta place. « Tu dois commander une perruque en cheveux naturels, c'est tellement plus beau ; ça coûte un bras mais bon t'es avocate, vu ce que tu gagnes, tu peux te le permettre... En tout cas moi à ta place j'éviterais les foulards. C'est pour les vieilles, les foulards. Ou alors juste au début, quand tu commenceras à perdre tes cheveux. D'ailleurs tu dois les tondre préventivement. »

Arrêtez ! Taisez-vous ! Mais taisez-vous, tous ! Ça va trop vite, tout ça ! Ça va trop vite pour moi.

Moi je dors mal. Dans mes rêves, je suis à la plage. Autour de moi, il y a des femmes en train de faire du monokini, leurs seins pendants rôtis par le soleil, et il y a des hommes qui lisent des magazines pornos avec des seins en plastique en couverture. Un crabe saute sur mon torse, il me dévore le sein. J'appelle au secours mais personne ne m'entend.

\*

Il faut faire un scan complet de mon corps pour vérifier si le cancer ne s'est pas déjà installé ailleurs. Je passe toute une journée à l'hôpital. En peignoir. À mettre mon peignoir. À enlever mon peignoir. À remettre mon peignoir. À enlever mon peignoir. Et ainsi de suite toute la journée pour qu'on inspecte tout mon corps. Je déteste ça. Il y a peut-être des gens qui s'en foutent de se déshabiller à longueur de temps devant des inconnus, moi je ne m'en fous pas.

Quand on est malade, la pudeur c'est du luxe.

Je pense à la femme sur ce tableau de Manet, Le Déjeuner sur l'Herbe. Elle, toute nue au milieu de tous ces types habillés. La puissance de sa nudité. La charge érotique.

Moi, nue parmi les appareils, je me sens misérable. Et seule.

C'est très relatif, la nudité.

En sortant de là, j'ai envie de me faire plaisir, alors je vais dans une librairie et j'achète un bouquin sur les seins !

Extraordinaire le nombre de choses que j'ignore à propos des seins ! Tenez, rien que la base : c'est quoi un sein ?

Eh bien, la poitrine désigne les deux seins et les seins, ce sont les mamelles de la femme. Ce sont des glandes qui servent à produire du lait. Jusque-là ça va. Mais alors : le sein est composé d'une quinzaine de petits compartiments, les lobes glandulaires. Entourés de tissus graisseux. C'est dans ces compartiments que se fait la production de lait. Des canaux, qu'on appelle canaux galactophores… Au début j'avais lu « galactophobes ». J'ai ri ! La phobie des glandes mammaires ? « Euh excuse-moi mais je suis un peu galactophobe, ça t'ennuierait pas de garder ton t-shirt pendant qu'on fait l'amour ? » Bref. Donc des canaux, qu'on appelle canaux galactophores, débouchent sur le mamelon. Lors de l'allaitement ils acheminent le lait vers le mamelon. Dans le mamelon il y a un muscle, le muscle aréolaire, qui permet au mamelon de durcir. Le mamelon est lui-même entouré d'une zone plus foncée, l'aréole. Le sein repose sur le muscle pectoral. Pour le reste, l'essentiel du sein est constitué de tissu graisseux, de vaisseaux sanguins et de vaisseaux lymphatiques.

C'est pas plus compliqué que ça. Vous le saviez, vous ?

*

Pour annoncer au bureau que je dois me faire opérer, j'ai mis mon tailleur le plus élégant et me suis maquillée avec soin. Mes cheveux sont attachés, aucune mèche ne dépasse. Je suis féminine avec la petite touche d'austérité indispensable pour qu'on me prenne au sérieux.

La DRH et les deux associés principaux m'écoutent attentivement, me posent deux ou trois questions toutes lisses. Empreintes d'une bienveillance étudiée. Des questions d'avocats, avec tous les bons mots aux bons endroits. Peut-être que dans quelques années ça me fera marrer de repenser à la tête qu'ils faisaient. À leur frustration de ne pas pouvoir me poser la vraie question, la seule qui les intéressait vraiment : est-ce que j'allais pouvoir continuer à travailler comme une acharnée soixante heures par semaine ? C'est beau un patron qui panique.

En me raccompagnant à la porte, un des deux associés me dit : Vous êtes une battante, ça va aller très bien. Sans me regarder. Faut dire que je lui joue un très mauvais tour. Au moment où il commence enfin à respirer parce que la ménopause va bientôt m'empêcher d'avoir des enfants, voilà que je me chope un cancer du sein. Lui qui se méfiait de mon utérus ! Il aurait mieux fait de se méfier de mes seins.

*

J'ai rendez-vous avec une généticienne. Comme ma mère a eu un cancer du sein aussi, il faut vérifier si c'est pas génétique.

La généticienne me pose plein de questions. Puis tout à coup : « vous avez des enfants ? » « Non » et elle me sort « oh ben tant mieux hein ! ». Oui dis, tant mieux hein, d'ailleurs je m'éclate. Je devrais lui dire ça. Comme ça. « Oui dis, tant mieux hein, d'ailleurs je m'éclate ».

C'est quoi cette réflexion ? Tant mieux ? Et si j'avais répondu oui, elle m'aurait dit quoi ? Dommage ?

Et, dis-moi, dans ton petit questionnaire, est-ce qu'on demande pourquoi ? Pourquoi j'ai pas eu d'enfants ? Tu crois que c'est par choix ? Tu as raison. C'est bien par choix. Mais ce n'est pas mon choix. C'est celui de mon ex. Mon ex qui a eu trois enfants avec sa première femme. Et puis qui l'avait laissée tomber –

pour moi, je suppose que tu avais compris- parce que la maternité l'avait vachement abîmée, tu vois ? Ses fesses s'étaient ramollies et elle avait des seins comme des gants de toilette à force d'allaiter. Et moi, maintenant on va m'en enlever un ! C'est à hurler de rire, tu ne trouves pas ?

Mais je suis trop bien éduquée. Alors je dis rien.

Je déchante. Je commence à me dire que peut-être tous les soignants ne sont pas aussi sympas que le docteur Buongiorno.

*

*Répondeur – voix de Greg* : C'est moi. Tu es là ?... Bon… Écoute, je voulais juste prendre de tes nouvelles… Rappelle-moi, ça me ferait plaisir qu'on parle. De t'entendre. Je t'embrasse.

*

Qu'est-ce qu'on fera avec mon sein après ma mastectomie ? On le jettera à la poubelle ?

Ce mot ! « Mastectomie » ! C'est le mot le plus moche de la langue française.

Je crâne mais j'ai peur. C'est bizarre mais j'ai presque plus peur de perdre mes cheveux que mon sein. Je suis très fière de mes cheveux.

Il paraît qu'on peut perdre ses ongles aussi. Avoir la peau brûlée par la radiothérapie. Gonfler avec la cortisone.

Dans les salles d'attente en oncologie, il y a des tas de magazines qui donnent des astuces beauté. Je les dévore comme si ma vie en dépendait. Je suis prête à tout. Je me tartine de crème hydratante en prévention, je regarde des tutoriels maquillage sur Internet, j'apprends à me dessiner des faux sourcils, à appliquer de l'anticernes et du blush pour avoir bonne mine. On conseille le port d'un casque réfrigérant pour empêcher la chute des cheveux ? Va pour le casque ! Oui mais c'est à moins vingt degrés quand même. Pas grave ! Ça fait mal ? Je m'en fous, je peux tout supporter. Tout plutôt que d'avoir l'air malade.

\*

L'oncologue balaye mes questions d'un revers de la main.

- Vous savez, les effets secondaires sont très variables d'une personne à l'autre.
- Oui mais j'ai lu que…
- Vous avez lu ça où ? Sur Internet ? Ne faites plus jamais ça, c'est ridicule. Si vous avez des questions à poser, vous les posez à un vrai médecin.
- Oui mais justement c'est pour ça que je venais vous voir et…
- Cela dit, je préfère vous prévenir tout de suite. La chimiothérapie c'est du sérieux. Si on vous prescrit dix séances et que vous n'en faites que neuf, c'est comme si vous n'aviez rien fait du tout. Alors il va falloir s'y tenir et être un peu courageuse, hein. Et oui les effets secondaires font peur, mais les cheveux, ça repousse vous savez…

- Oh mais je ne m'inquiète pas seulement pour mes…
- Ne m'interrompez pas s'il vous plait… *(en aparté)* Myriam m'a expliqué que les médecins interrompent leurs patients au bout de trente secondes en moyenne. Et quand c'est une femme, ça ne prend que vingt-trois secondes. Vous croyez qu'il y a un souci ? *(elle imite de nouveau l'oncologue)* Et en attendant, il y a des tas de solutions pour que vous puissiez continuer à vous trouver jolie. Hein, ma petite dame, ça va mieux maintenant ?

Je me sens ridicule. Est-ce qu'il a raison ? Est-ce que je fais des histoires pour rien ? Il veut me sauver la vie après tout ! Je dois juste me laisser faire. C'est simple de se laisser faire, c'est confortable. Douter, c'est dur, c'est fatigant.

Alors pourquoi il y a quelque chose qui cloche ?

Être un peu courageuse ? Je voudrais bien voir s'il serait si courageux si on lui mettait une couille dans le mammographe et qu'on la pressait entre deux plaques ! Ou si on lui en enlevait une, tiens !

J'ai une envie irrésistible de lui dire ses quatre vérités à ce mec prétentieux, toujours en retard, qui ne m'écoute jamais !

Ok, je vais le faire. Je vais me lever, très dignement, lui jeter négligemment quelques billets et sortir. Passer par la salle d'attente, annoncer aux autres patients que je m'en vais, qu'ils devraient en faire autant, que ce type est peut-être un excellent médecin mais qu'il est irrespectueux.

Oui mais s'il en parle à ses confrères ? Si plus personne n'accepte de me soigner ? Si on me met sur une liste ? La liste noire des malades difficiles dont personne ne veut. Est-ce que je suis prête à courir ce risque-là ?

Quelque chose bascule en moi. Tout à coup je me sens vulnérable.

On m'enlève plus qu'un sein. On m'enlève autre chose. Quelque chose qui me rangeait du côté des puissants. Quelque chose dont je n'avais même pas conscience. La maladie me fait passer du côté des vulnérables, des victimes. Et je suis priée de ne pas faire de vagues et de tendre la joue gauche.

Alors je paye le prix pour qu'il continue à s'occuper de moi. Bien sûr docteur. Merci docteur. Au revoir docteur, à la semaine prochaine.

\*

Le 19 décembre, on m'enlève le sein droit.

Le chirurgien et les infirmières me disent de pas trop bouger le bras et c'est vrai que dès que j'essaye de le soulever un peu, ça fait mal, parce qu'on m'a enlevé deux chaînes de ganglions. Donc je me tiens tranquille. La cheffe de service entre dans ma chambre, moi je soulève tout doucement mon bras pour lui serrer la main. Elle, elle m'ignore, elle ne se présente pas, elle me dit « faut vous remuer hein madame ». Moi je lui dis « tout le monde me dit de pas bouger » elle dit « c'est qui tout le monde ? », « tout le monde, le chirurgien, les infirmières, tout le monde, depuis que je suis réveillée tout le monde me le dit, vous êtes la première personne qui me dit que je dois bouger » je dis. Et là hein, elle prend mon bras et elle le tire vers le haut ! *(elle rit)* Non mais c'est dingue non ? Je viens d'être opérée, tout le monde me dit de faire super attention, et elle, elle prend mon bras comme ça et elle le tire vers le haut. Et moi ben je hurle de douleur et elle, elle laisse retomber mon bras et moi je crève de mal mais c'est pas fini. Je sais toujours pas ce qui est passé par la tête de cette bonne femme, ce qui lui a pas plu chez moi et qui l'a poussée à faire un truc pareil, complètement hallucinant, est-ce que c'est ma tête qui ne lui revenait pas, est-ce qu'elle était de mauvais poil ou est-ce qu'elle est toujours comme ça, peut-être que c'est une de ces femmes qui n'aiment pas les femmes, après tout c'est son droit mais alors il faut pas faire ce métier-là. Elle… -je vous jure que c'est vrai- elle attrape le coin du pansement qui recouvre mon sein, enfin la plaie, la cicatrice de l'opération, mais je viens d'être opérée hein, et elle attrape le coin du pansement, et elle arrache tout comme ça crac d'un coup sec et il y a des tas de petits bouts de peau qui viennent avec, forcément la cicatrice est toute fraîche et elle, elle arrache tout comme ça, d'un coup sec. Elle regarde, deux secondes et moi j'ai les larmes aux yeux puis elle dit « ok c'est bon » et elle appelle une infirmière pour qu'elle refasse le pansement, elle ne me dit pas au revoir et elle sort. *(Elle rit)* Incroyable non ? Complètement cinglée cette bonne femme. Moi je me réfugie dans la salle de bain et là mon chirurgien arrive, celui qui m'a opérée. Il m'appelle et moi je sors de cette salle de bain, déchaînée et je lui dis « regardez ce qu'elle m'a fait votre collègue » et lui il regarde et je vois bien qu'il est horrifié. Et là l'infirmière arrive avec les pansements et tout le matériel et lui il dit « laissez je vais m'en occuper moi-même ». Et il nettoie tout, tout doucement, il remet tous les petits bouts de peau, du produit, il refait le pansement et il hoche la tête et je vois bien que si sa collègue entrait à ce moment-là il lui en collerait une mais avec moi il est d'une douceur…

Je pleure. De fatigue, de tristesse. Mais aussi de soulagement. J'avais si peur qu'il ne me croie pas. Qu'il me prenne pour une folle. Qu'il prenne le parti de sa collègue. Je balbutie « merci, vous êtes gentil docteur, merci, merci… ».

\*

Mon nouveau rythme de vie : chimio - boulot - dodo.

Première chimio. Nausées. Vomissements le premier jour.

Puis c'est le répit. La vie presque normale. Soulagement. Finalement ce n'est pas si terrible.

Mes cheveux sont tout courts maintenant. Au départ j'avais peur de ressembler à un kiwi, mais non, c'est vraiment joli ! Mon visage est dégagé, on voit mieux mes yeux, la ligne de mon cou. Je renoue avec une forme de pureté, quelque chose d'authentique qui était profondément enfoui en moi et qui me réconforte.

Deuxième chimio. Nausées. Vomissements. Mal de tête. Je suis fatiguée. Mes prises de sang sont bonnes, pas d'anémie. OK, on s'accroche.

Mon infirmière préférée, c'est Florence. Chaque fois qu'elle m'apporte une poche de chimio, elle me la présente comme si c'était un vin millésimé. Ça me fait marrer à tous les coups.

Sa collègue Louise, en revanche, est une vieille emmerdeuse, probablement blasée d'en avoir trop vu. Je la questionne : « J'ai des sensations d'engourdissement dans les orteils et l'impression d'être dans une sorte de brouillard depuis quelques temps, c'est peut-être lié à la chimio, non ? » « Pourquoi, vous êtes médecin ? ». « Non je suis avocate ». Depuis elle m'évite.

Troisième chimio. Nausées. Vomissements. Diarrhée. Je suce des glaçons pour éviter les aphtes. Mes orteils : toujours engourdis. Les poils de mon pubis commencent à tomber. Les poils sous mes aisselles commencent à tomber. Pas question de perdre mes cheveux ! Casque réfrigérant. Mal de chien. Mes ongles cassent. On me recommande le port de gants. Glacés eux aussi. J'ai envie de pleurer. Je serre les dents. Je suis fatiguée, si fatiguée. Mais je veux continuer à travailler.

Je rencontre d'autres patients. C'est extraordinaire à quel point l'intimité est immédiate.

Il y a Gisèle et son mari, toujours aux petits soins, qui l'accompagne à chaque séance. Elle adore parler de lui comme s'il n'était pas dans la pièce : *(imitant Gisèle)* « Parfois ça m'énerve qu'il soit si gentil. Faut que ça cesse. Il faut qu'il arrête de m'acheter des fleurs, de me dire qu'il m'aime, de me tenir les portes. Tu comprends, moi la seule chose dont j'ai besoin c'est que tout soit comme d'habitude. Je veux qu'il râle quand je lui demande d'aller acheter du pain. Qu'il rentre tard du bureau. Qu'il lise son journal pendant qu'on déjeune. Je veux pouvoir me raccrocher à ma vie d'avant, parce que là je ne reconnais plus rien et ça fait peur. La dernière fois qu'il a été aussi gentil avec moi, c'est quand ma mère est morte. Je lui ai dit : je ne vais pas mourir. Sauf si tu continues à te comporter comme si c'était le cas. Quand tu es comme ça, tu sèmes le doute dans mon esprit. »

Et puis il y a Monique. Son oncologue lui a reproché d'avoir traîné à consulter. Huit mois avant, sa généraliste lui avait dit qu'elle s'inquiétait pour rien, qu'à son âge ce n'était pas possible d'avoir un cancer du sein.

Et aussi Fatima, vingt-neuf ans, à qui on impose une reconstruction parce qu'à son âge on ne reste pas comme ça, c'est tout. Elle avait demandé un délai de réflexion pour la congélation de ses ovocytes, mais non il fallait se dépêcher. Il faut dire qu'avec l'hormonothérapie, elle sera ménopausée avant sa mère. Et maintenant, alors qu'elle n'est même pas sûre de vouloir un enfant, la voilà avec des ovocytes au frigo. Et si un jour elle veut les faire détruire, elle aura des tas de papiers à remplir.

Après il y a Diego, à qui on a refusé le casque réfrigérant parce que pour un homme, ce n'est pas grave d'être chauve. Il rigole : c'est marrant non, le sexisme inversé ?

Et puis il y a Sarah, qui ne regrette pas tant son sein que la petite cicatrice d'allaitement qu'elle avait près du mamelon. « Mon sein on peut le remplacer, la petite cicatrice elle est partie à tout jamais tu comprends ? »

*

À la fin de la séance de yoga, j'avais pas mal transpiré, j'ai changé de position et j'ai senti quelque chose glisser le long de mon buste. C'était ma prothèse ! J'ai entendu un petit bruit mouillé quand elle est tombée sur le sol.

Je me suis remise à quatre pattes et j'ai regardé autour de moi, toujours le premier réflexe, comme quand tu tombes dans la rue : d'abord, vérifier si quelqu'un t'a vu et seulement ensuite, avoir mal.

J'ai ramassé ma prothèse et j'ai essayé de la fourrer dans ma brassière mais impossible ! Merde. Je fais quoi maintenant ? Myriam remarque mon manège, elle rigole : « mais pourquoi tu mets ce truc, les filles du yoga elles s'en foutent, elles savent très bien que t'as un cancer, t'es pas obligée de tout le temps faire semblant que tout va bien ».

Finalement, piquée au vif, j'ai décidé de terminer la séance, ma prothèse posée sur le tapis. Toute mignonne, comme une petite méduse domestique.

À la fin de la séance, on est allées boire un verre. Les filles m'ont offert des fleurs, du thé, un bouquin.

Elle avait raison, Myriam.

\*

Plus je bouquine, plus je me rends compte de l'étendue abyssale de mon inculture. L'histoire des seins, c'est l'histoire de l'humanité. On commence par les seins sacrés des déesses de la Préhistoire et on arrive aux seins activistes des Femen, en passant par les seins des Madones qui allaitent des chérubins joufflus, le sein érotique, rond et parfait d'Agnès Sorel, Marianne et son sein républicain, les seins des femmes ordinaires, voués à l'allaitement, à la pornographie, sexualisés, montrés du doigt par les religieux, verbalisés s'ils s'exhibent en public, remodelés par les chirurgiens esthétiques, censurés sur Instagram, enfermés dans des corsets, aplatis, rehaussés, découverts, baleinés, comprimés au rythme de la mode.

Nos seins, ils appartiennent à tout le monde, sauf à nous.

Je rêve de femmes nues, debout sur des barricades, le poing en l'air.

*

*Répondeur – voix de Greg* : Décroche, s'il te plaît. Il faut que je te parle… que je te dise… je suis désolé, j'ai vraiment été en-dessous de tout et je regrette, je regrette tellement. Je comprends que tu n'aies pas envie de me parler mais laisse-moi une chance de t'expliquer. De me rattraper. Tu me manques. Appelle-moi ?

*

Mes collègues rivalisent de maladresse.

- Tu es avec quelqu'un en ce moment ? Ça doit pas être évident pour un mec, si ? En tout cas ça te va super bien cette nouvelle coupe de cheveux.
- C'est une perruque.
- Ah oui je… enfin je veux dire, c'est joli, tu restes stylée, enfin, on voit bien que tu es malade, mais tu t'entretiens, tu fais l'effort, tu ne te laisses pas aller, ça soulage, je veux dire on est… ben oui quoi, on est soulagés, c'est bon signe que tu prennes soin de toi, tu vois ?

Mais oui je vois. Et je sais bien que je ne fais pas illusion, que malgré la perruque et le maquillage, je suis marquée par la fatigue...

Enfin, eux au moins, ils sont gentils.

Ce qui est plus compliqué à gérer, c'est le cynisme de ma hiérarchie. Pourtant, je fais tout bien. Comme une bonne fille que je suis. Je programme toutes mes séances de chimio et de radiothérapie en-dehors de mes heures de boulot. Pas faire de vagues. Je travaille d'arrache-pied malgré les nausées. Pas déranger.

Et voilà que les associés confient une grosse affaire à une de mes collègues. Mais merde ! Ça fait quinze ans que je bosse ici et je ne leur ai jamais fait défaut ! Mais bon vous comprenez, c'est un nouveau client, faut lui en mettre plein la vue. D'habitude c'est à moi qu'ils auraient fait appel, mais ça fait quelques temps déjà que je sens bien qu'on veut m'écarter. Que je glisse vers la voie de garage. Lentement mais sûrement.

« Mais qu'est-ce que tu t'imaginais ? », me dit Myriam. « C'est pas parce qu'on t'a coupé un sein qu'on va te foutre la paix. Tu crois que la seule chose qui importe c'est de rester en vie, mais tu te trompes : le plus important c'est de faire tout ton possible pour avoir l'air en bonne santé, ma vieille ! Si tu te baladais le crâne nu et sans sourcils, les autres pourraient se rendre compte que tu as le cancer et ça pourrait les mettre mal à l'aise. Dans une société obnubilée par les apparences, une femme sans cheveux, ça fait tache, tu comprends. Alors pas question de te lâcher la grappe, même si tu as un cancer. C'est comme ce torchon que tu es en train de lire : « Pour rester féminine même pendant la chimio ». Ça ne veut rien dire ! »

C'est vrai ça, elle a raison Myriam. Pourquoi on ne parle pas des vrais problèmes ? Pourquoi on ne nous dit pas qu'il faut surveiller son alimentation en permanence à cause des flatulences ? Et que c'est là qu'on comprend à quoi ça sert les poils, parce que quand on en a plus, on a le nez qui coule en permanence. Et quand on fait pipi, on en met partout. Mais tout ça, c'est caché, ça ne dérange que nous, alors pas besoin d'en parler.

On ne nous apprend pas à parler. Il faudrait encourager les femmes à raconter leurs histoires de cancer.

Cette maladie, c'est une saloperie. Elle nous atteint dans ce qu'on a de plus intime et alors qu'on a juste besoin de bienveillance, d'écoute et de douceur, on nous dit : sois belle et tais-toi. Oui, c'est dur de résister quand on te martèle à longueur de temps qu'on est belles que quand on a du fard à paupières et deux seins, mais peut-être qu'on ne devrait pas se cacher. Qu'on devrait se balader comme ça dans les rues, exhiber nos stigmates, peut-être qu'alors on irait au fond du problème. Peut-être qu'on interdirait la malbouffe, les pesticides, les maquillages bourrés de perturbateurs endocriniens…

Et attention, s'il y a des femmes à qui ça fait du bien de se maquiller, à qui ça redonne confiance, surtout qu'elles le fassent. Mais on ne veut pas toutes ça. Et celles qui n'en veulent pas, on devrait leur foutre la paix. La vraie beauté, elle n'est pas dans nos cheveux, si ?

*

*Répondeur – voix de Greg* : Salut, c'est moi. Tu ne réponds pas à mes appels… J'imagine que tu préfères être seule, mais… j'aimerais avoir des nouvelles. Savoir comment tu vas. Comment tu vis… tout ça. Ça me ferait vraiment plaisir que tu m'appelles. J'imagine que tu le sais, vu que c'est le quinzième message que je te laisse. Bon… appelle quand tu veux ok ?

*

Myriam me demande si j'ai des nouvelles de Greg.

- Non, aucune.
- Dommage, il était bien ce type. J'étais certaine qu'il t'appellerait.
- Ben non.
- Marrant. J'aurais cru. Enfin, si un jour il t'appelle, je trouve que tu devrais décrocher. Bon, c'est juste mon avis hein.

Salut, c'est moi… Merci pour tes messages, je… Ça te dirait qu'on se voie ?

*

La radiothérapeute m'annonce qu'elle me prescrit vingt séances. Je lui explique que mon gynécologue pense que dix c'est suffisant. Elle me répond « ah bon, on va en faire quinze alors ». Je demande : « Vous déterminez ça comment, en fait ? Vous vous basez sur des données solides ou vous faites ça au pif ? » Et là elle me regarde par-dessus ses lunettes et elle me lâche : « Madame, je vais vous demander de faire preuve d'un peu plus de respect. »

Alors je lui dis « Mais c'est vous qui avez commencé ! Moi avant d'entrer ici je savais pas qu'on pouvait marchander. Je pensais que c'était un truc sérieux. Mais on est où ici ? À la brocante ? Dans un souk ou quoi ? Parce que moi aussi je peux marchander, allez c'est parti, moi je propose huit, ouais c'est ça, huit ça me paraît très bien. Allez, qui dit mieux ? Oui Madame ? J'entends neuf. Neuf une fois neuf deux fois. Dix à droite. Oui Monsieur ? Dix ? Qui dit mieux ? Sept ici, treize là-bas, cinq dans le fond de la salle. Quatorze ? Oui ? Quatorze une fois, quatorze deux fois, quatorze trois fois. Adjugé pour quatorze !

Du respect ! Et moi on me respecte ? Non. On dispose de moi. On dispose de mon corps, on dispose de mes seins. Et vous savez quoi ? Moi j'en ai jusque-là ! »

Elle a pris pour tout le monde, la radiothérapeute.

Pour les garçons qui descendaient mes bretelles de maillot à la piscine. Soi-disant par accident. Pour rigoler. Mais est-ce que moi je m'amusais à baisser leur slip pour voir si leur pénis avait poussé ?

Pour les gros lourds avec leurs blagues à deux balles. « Je te parie dix francs que je peux toucher tes seins sans toucher ton t-shirt. » Et moi je peux toucher tes couilles sans toucher ton froc ? Et toi, tu sais pourquoi les femmes elles ont pas de pénis ? Parce qu'elles ont été livrées avec un cerveau.

Pour les petits malins jamais à court de surnoms ridicules. Gants de toilette. Stabilac. Airbags. Roberts. Nichons. Roploplos. Loches. Nénés. Pare-chocs. Obus. Doudounes.

Pour tous les bien-pensants que ça ne choque pas de voir des centaines de paires de seins étalés dans les magazines mais qui regardent une femme méchamment si elle allaite en public !

Pour mon père aussi, qui gloussait : Oh mais c'est que ça pousse, dis donc, on devient une petite femme ! C'est chouette quand t'as treize ans et encore envie de jouer à la poupée !

Pour ma mère qui laissait faire, qui ne m'a pas appris à me défendre, qui ne m'a jamais dit qu'on pouvait dire non, qui n'a jamais parlé de sa maladie avec moi.

Pour tous les tarés qui ont décidé de faire croire aux femmes que les seins normaux sont ronds, bien hauts, avec le mamelon qui regarde un peu en l'air ! Et qu'il fallait cacher nonante pourcents des seins de la planète : les seins trop gros, trop petits, tombants, fripés, asymétriques, ceux qui ont des poils, les seins de vieilles femmes !

Pour toute une société qui soumet les femmes à des diktats humiliants et réducteurs !

Merde !

Fait chier !

Bordel de merde !

Branleur

Bouffon

Glandu

Enflure

Freluquet

Face de pet

Mou du bulbe

Poil de bite

Turlute

Zob

Raclure de bidet

C'est fou ce que ça fait du bien. À se demander pourquoi j'ai attendu si longtemps.

*

Merde, il est là... OK. Calme-toi. Respire. À quoi je ressemble ? J'ai maigri, je suis si pâle que je suis quasi transparente. Génial on dirait un fantôme. C'est ça, on dirait Casper ! Mais qu'est-ce qui t'a pris de l'appeler !…

Oui oui, j'arrive !

J'aurais dû mettre ma perruque… Non non c'est très bien le foulard, c'est joli, c'est joyeux. Oh là là, j'ai les mains moites. Et mon cœur bat trop vite, je vais faire une attaque, ce sera malin. Ben oui, c'est dommage hein, il lui restait trois séances de chimio et boum crise cardiaque, c'est bête la vie. Bon, reprends-toi, c'est juste un verre d'accord ? Tiens-toi droite, souris.

Mince alors j'avais oublié comme il est beau. Entre, assieds-toi, tu veux un verre de vin ? Ah si tu prends comme moi, ce sera de l'eau pétillante, pas très fun, mais bon qu'est-ce que tu veux, je ne peux pas cumuler les poisons –mais qu'est-ce qui te prend de dire des idioties pareilles, calme-toi bon sang. D'accord, comme tu veux, je reviens tout de suite. Ah d'accord tu m'accompagnes, oui c'est bien aussi.

Euh, qu'est-ce que tu fais ? Ah oui. Non ça ne me dérange pas que tu m'embrasses. Ça ne me dérange pas du tout… Mais… Greg… Arrête. Je… je ne veux pas que tu te sentes obligé. C'est généreux de ta part mais je sais bien que tu n'as pas vraiment envie. Et c'est normal. Je sais bien que je suis moche… sans cheveux, sans sourcils… Ah oui, on dirait que tu en as vraiment envie.

Qu'est-ce qui se passe ici ? C'est moi ou… c'est tordu ? Greg serait un pervers ? Un de ces types qui se touchent en regardant des photos macabres sur Internet ? Mais non, évidemment je sais très bien que non.

J'ai peur. J'ai peur de sa réaction devant ma cicatrice, cette balafre toute rouge, devant mon sein tout vide, sans mamelon, peur de son dégoût devant mon pubis sans poil, mon pubis équivoque d'actrice porno, de petite fille, de cancéreuse, peur qu'il me rejette.

Mais non c'est clair qu'il m'aime, qu'il me désire. On n'arrête pas de se dire qu'on voudrait être aimé inconditionnellement et le jour où ça arrive, on n'y croit pas.

Détends-toi.

Détends-toi…

Oh oui…

Détends-toi !

\*

Dans les séries américaines, quand on voit un couple après l'amour, la femme a toujours son soutien-gorge. Vous avez remarqué ?

Dans les séries américaines, on peut montrer des gens qui trompent leur conjoint, qui mentent, qui trichent, qui trahissent, qui violent, qui torturent, mais pas des seins. Ça me dépasse. Parce que moi je ne pourrais pas. Garder mon soutien-gorge pendant l'amour.

Il suffit qu'un homme dégrafe mon soutien-gorge et que je me retrouve seins nus pour que j'aie des frissons partout. Je sais plus qui disait ça : « Le meilleur moment dans l'amour, c'est quand on monte l'escalier. » Pour moi, c'est quand on m'enlève mon soutien-gorge.

C'est pas ça que je veux dire. On s'en fout de ma vie sexuelle. De mes zones érogènes. C'est parce que ça me fait repenser à ce prothésiste qui m'a proposé une reconstruction en silicone. Parce que lui, il a rien compris aux femmes. Il était tout fier de m'expliquer que ça ferait plus vrai que nature. « Mais alors je sentirai plus jamais rien avec tout ce plastique», et il a répondu « Ne vous tracassez pas. Monsieur sera très satisfait. » Pardon ? Et du reste on s'en fout ? C'est-à-dire : de moi ?

J'aurais peut-être dû lui expliquer dans le détail, comme à vous maintenant. Que j'aime faire l'amour et qu'une des choses que je préfère dans le sexe, c'est les sensations que me procurent mes seins. Que je veux faire les choses d'abord pour moi et plus pour faire plaisir à un homme, à mon patron, à la société. Mais j'avais pas envie de lui expliquer ma vie à ce pauvre type qui baignait dans son machisme paternaliste.

Je le regardais au milieu de ses prothèses. Je me demandais s'il comptait les seins avant de s'endormir. Comme d'autres comptent les moutons. S'il faisait des rêves de seins, des gros, des petits, des noirs, des blancs, des qui pendouillent, des plats.

Je l'écoutais parler et je repensais à ces femmes privées de sensations, qu'il avait coupées d'une partie de leur sensualité, qui ne frissonnaient plus quand on leur caressait la poitrine. Je me demandais si elles gardaient leur soutien-gorge pendant l'amour.

*

Je suis une Amazone. Une guerrière. Une fois par an je couche avec des étrangers pour perpétuer ma race. J'allaite les petites filles qui naissent, j'en fais des guerrières.

Je me coupe le sein droit pour pouvoir bander mon arc plus facilement.

J'exprime ma force.

Je me revois, à cinq ans dans ma piscine gonflable, le torse au soleil, nu et plat, je sens cette odeur d'herbe fraîchement coupée, de crème solaire, de liberté.

Exprimer sa force.

- Docteur, je ne veux pas de reconstruction.
- Vous êtes sûre d'avoir bien réfléchi ? Ce ne sera pas facile de vous voir comme ça dans votre miroir tous les jours.
- Oui je sais.
- Je ne crois pas que vous mesurez ce que ça représente. Votre cancer est en rémission. Vous êtes encore une très belle femme. C'est dommage de ne pas profiter d'une reconstruction. Statistiquement, la reconstruction a un effet extrêmement positif sur les femmes, vous savez?
- Mais je ne suis pas une statistique, je suis moi. Et moi je n'ai pas envie de me faire reconstruire, c'est mon droit non ? Et puis je me trouve belle comme ça, je m'aime, vous

comprenez ? Et je sais bien que pour certaines personnes c'est difficile à comprendre parce que je n'ai plus qu'un sein et que je devrais me sentir moins femme, mais ce n'est pas le cas. Objectivement docteur, regardez-moi !
- Bon, c'est comme vous voulez alors. Puisque vous êtes sûre de vous. Très bien, je note « refus »…
- Mais vous ne m'écoutez pas : je ne refuse pas. Je choisis. Je choisis de ne pas faire de reconstruction.
- Ah oui, si vous voulez jouer sur les mots. Très bien, n'hésitez pas à me recontacter si vous changez d'avis. Mais… et votre mari, il en dit quoi ?

J'éclate de rire et je sors de son bureau, la tête haute. Je croise une femme dans le couloir qui mène à la salle d'attente, j'ai envie de lui dire qu'elle a le choix, elle aussi et surtout, surtout qu'elle ne doit pas se laisser faire, que personne ne peut décider à sa place, qu'elle est maîtresse de son corps, de sa vie.

*

J'ai enfilé une blouse en satin. Je n'ai pas mis de soutien-gorge et je sens la douce caresse du tissu sur mon sein, sur ma cicatrice.

Parfois, je me dis que je vais me faire tatouer. Un phénix ou une branche couverte de fleurs, un motif japonais, quelque chose de luxuriant et de coloré. On verra. De toute façon je suis incapable de planifier au-delà de six mois. Mon rapport au temps a complètement changé. Pas grave, je vis au jour le jour.

Je me regarde dans le miroir et j'aime ce que je vois : une créature androgyne, silhouette de femme, coupe garçonne, maquillage léger, le torse plat d'un côté, bombé de l'autre. Je savoure mon ambiguïté. Je suis le yin. Je suis le yang.

J'ai quelques poils sous les aisselles. Je les contemple avec émotion. Ils symbolisent ma guérison. J'ai pas envie de les raser pour le moment. Si vous voyiez un brin d'herbe dans le désert, vous l'arracheriez, vous ?

Je me sens libre, sans entraves. Vivante comme jamais.

Je continue à lire, à m'informer, pour faire les meilleurs choix pour moi. Poser des questions, ce n'est pas tout remettre en question. Il n'y a pas qu'un seul parcours, qui serait tracé à l'avance.

Je me suis battue. Je n'ai jamais laissé tomber les bras. Même quand je me demandais si c'était le cancer ou les traitements qui allaient me tuer. J'ai combattu ce truc, vaincu la maladie, on m'a « bombardée » avec des rayons…, toutes ces métaphores militaires. Mais je ne voulais pas de reconstruction. Je ne suis pas une bagnole à réparer.

J'apprends à vivre dans ce corps-là.

Après tout, quand on a plus ses règles, plus d'ongles, plus de cheveux, plus qu'un sein… on a plus de compte à rendre à personne non plus.

Réaliser qu'on a qu'une seule vie, ça fait réfléchir.

Cette maladie, c'est une étape. Un changement de cap.

Elle m'a fait emprunter une autre route, un chemin de traverse sur lequel je ne me serais jamais risquée. Aujourd'hui, pieds nus dans l'herbe, je marche vers l'horizon, tout là-bas au loin.

C'est juste une étape.